Coqueto

Daninza Monterroso

Para realizar pedidos de este libro, contacte con:
Palibrio LLC
1663 Liberty Drive
Suite 200
Bloomington, IN 47403
Gratis desde EE. UU. al 877.407.5847
Gratis desde México al 01.800.288.2243
Gratis desde España al 900.866.949
Desde otro país al +1.812.671.9757
Fax: 01.812.355.1576
ventas@palibrio.com

ISBN:	Tapa Blanda	978-1-5065-3083-3
	Libro Electrónico	978-1-5065-3082-6

Número de Control de la Biblioteca del Congreso: 2019919221

Información de la imprenta disponible en la última página

Fecha de revisión: 30/01/2020

Coqueto

Agradecimiento

A Dios y a mis padres Carlos O. Monterroso y Daninza F. Monterroso por darme la vida y por amarme así como soy y he sido siempre. A mis hermanas Eva y Marisol Monterroso, a mi hermano Elías Monterroso por siempre ser el hermano más tierno. A mi tía Verónica y tía Yolandita por siempre tenernos en mente y llenarnos de alegría con sus sonrisas.

Dedicatoria

Dedicado a las personas que forman parte de mi pasado y de mi presente. Con todo mi amor, para mi hija Mel H. Monterroso, la luz de mis ojos. Para Jaime García, mi mejor amigo y principal crítico de mis historias; para D. M., y mi querida prima Cindy Gramajo por su apoyo; para mi maestra de la primaria Arminda, quien sembró esa semilla literaria dentro de mí, y para todas las futuras maripositas y cocodrilitos del mundo.

En especial a:
Rosalyn Monterroso
Valentina Flores
Ashley V. Monterroso
Anel Z. García
Elan I. García
Michelle R. Orellana
Kimberly Pivaral
Jade Casasola
Madeline

No me olvido de mis cocodrilitos:
Elias A. Monterroso
Maximiliano Flores
José E. Monterroso
Gervin V. Monterroso
Nicholas Casasola
Javier R. A.

Introducción

En esta historia relato lo simple y lo complicado de una amistad, donde la comunicación es un factor muy importante. Cuando abrimos las puertas de nuestro corazón a las personas, debemos tomar en cuenta que lo bueno y lo malo que nos ocurre también los afecta a ellos/ellas desde el momento que decidieron tomar parte en nuestras vidas. Y es importante recordar siempre que tan solo con un par de palabras se le puede cambiar el rumbo a cualquier historia.

Esta historia está inspirada en el tiempo que viví en San Rafael las Flores, un municipio de Guatemala.

Personajes principales

Coqueto:
Es un cocodrilo inofensivo de gorra blanca a quien le gusta tomar leche y le encanta sonar. Coqueto es diferente a los demás cocodrilos porque es muy sensitivo y discreto, le gusta la naturaleza y disfruta ver las estrellas.

Luciérnaga:
Es tímida y amigable, pero reservada. Ella también es soñadora y cree en el poder de la transformación. Le gusta la naturaleza y ver las estrellas.

Cierta vez, se conocieron una pequeña Luciernaga y un cocodrilo llamado Coqueto.

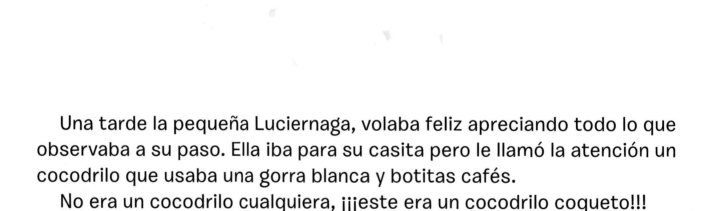

Una tarde la pequeña Luciernaga, volaba feliz apreciando todo lo que observaba a su paso. Ella iba para su casita pero le llamó la atención un cocodrilo que usaba una gorra blanca y botitas cafés.

No era un cocodrilo cualquiera, ¡¡¡este era un cocodrilo coqueto!!!

La pequeña Luciernaga se puso roja como hormiga! Ella era muy tímida y el cocodrilo lo sabía.

Coqueto dijo: —Buenas tardes, yo me llamo Coqueto porque soy el único cocodrilo con gorra en este lugar.

A esto Luciérnaga respondió: —Oh, ¿sí? —Pero miró alrededor y observó que había más cocodrilos con gorras—. ¿Por qué mientes? ¡Los otros cocodrilos también usan gorras!

—No miento —respondió Coqueto—. La mía es distinta. La mía es blanca porque yo soy inofensivo. Los demás solo piensan en atrapar las luciérnagas para ponerlas en pequeños frascos y usarlas. Porque a ellos no les basta con la luz de las estrellas para ver en la noche. El tiempo pasa… las luciérnagas pierden su luz y se convierten en gusanitas, ¡y los cocodrilos siguen sin poder mirar!

—Oh, sí —respondió la pequeña Luciérnaga con gran asombro—. ¡No lo sabía!

—Ahora lo sabes —dijo Coqueto— y ahora podemos ser amigos. ¿En dónde vives?

La pequeña Luciérnaga le respondió apuntando hacia el norte:

—En aquella casa azulita al otro lado del río —dijo Luciérnaga.

—¡Oh, en la casita azul! —respondió Coqueto con asombro.

Coqueto había escuchado, sobre la casa azul, al otro lado del río. Muchas personas contaban que la casa azul era especial porque era mágica y que de vez en cuando concedía deseos cuando venían desde el interior de tu ser, porque estaba construída sobre un árbol que tenía muchos años de existencia. Un árbol donde muchas personas habían llegado a sentarse, y recordar sus experiencias por la vida. Un árbol donde muchos habían llorado y sonreído. Este árbol era un árbol muy especial, porque sus raíces eran muy profundas y llegan hasta el centro de la tierra de donde surgía la energía de la trasformación.

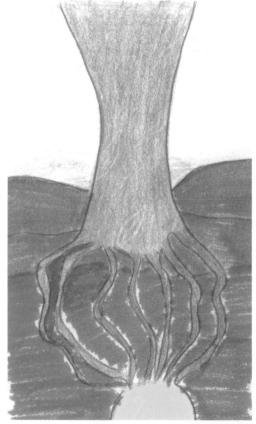

La pequeña Luciernaga no sabía que Coqueto tenía un secreto. Él usaba patines para llegar más rápido a lugares que el consideraba importantes.

Una noche Coqueto se puso sus patines más veloz que tenía en su casa y se fue a buscar la casa azul donde vivía la pequeña Luciernaga.

Cuando Coqueto llegó a la casa azul encontró a los padres de la pequeña Luciernaga y dijo:

—Buenas noches yo soy Coqueto el cocodrilo de la gorra blanca y soy amigo de su hijita.

La mamá de la pequeña Luciernaga le ofreció café, como es debido, porque a toda visita se le ofrece algo de tomar.

—Coqueto ¿deseas una tacita de café? Preguntó la mamá.

—No gracias respondió Coqueto... mejor un vasito de leche. El café me quita el sueño y a mi me gusta soñar mucho.

A Coqueto le encantaba soñar con lagos, con flores y castillos de colores. A veces soñaba que se iba de viaje a Venezia o que se iba cantar a Málaga con Alejandro. Soñaba con visitar la torre Eiffel en Paris. ¡Coqueto era definitivamente un cocodrilo europeo!

Cuando la pequeña Luciérnaga se aproximó a su casa, se encontró con Coqueto y se sonrojó, porque era muy tímida.

Cuando Coqueto vio que la pequeña Luciérnaga se había intimidado, pensó: "¡Mmmm! Luciérnaga es distinta... no me mira a los ojos, no da mucha luz y tiene alitas muy pequeñas... ¡No importa! La luz de las estrellas resplandece suficiente como para verla".

Coqueto y la pequeña Luciernaga se convirtieron en grandes amigos, apreciaban las mismas cosas.

Los dos observaban como las estrellas bailaban unas con otras, y intentaban contarlas juntos un día. Escuchaban como cantaban los grillos y miraban como el viento levantaba las hojas al pasar. Sabían apreciar la claridad de el silencio y el sonido de las palabras sin pronunciar.

Pero un día Coqueto estaba muy trizte porque su árbol favorito se había secado. A Conqueto le encantaba dormir debajo de ese árbol donde él había desarrollado su creatividad y en donde varias veces encontró refugio. Coqueto estaba triste y no tenía energía para usar sus patines como antes... Estaba tan pero tan triste!!! que caminó muy lejos y decidió perderse en una selva donde nadie lo mirara llorar por su árbol. Por eso los árboles siempre, siempre se deben regar para que no se sequen. Pasaron los días y semanas y Coqueto seguía triste y se olvidó de la pequeña Luciernaga. Se le olvidó que ella lo esperaba en la casita azul para contar estrellas, escuchar el canto de los grillos y sentir el viento pasar. Pasaron los días y semanas y Coqueto no aparecía.

La pequeña Luciérnaga estaba muy triste: todo le recordaba a Coqueto y pensaba: "¿Será que se enojó conmigo? Yo nunca haría algo para lastimar a Coqueto. ¿Será que le ocurrió algo?".

Le preguntó a un ave que pasaba por ahí:

–¿Tú sabes algo de Coqueto?

El ave respondió: –¡No! Yo no lo he visto más.

Entonces la pequeña Luciérnaga lloró por Coqueto día y noche. De tanto llorar, se le cayeron las alitas. Una mañana se levantó y dijo: "Yo no puedo quedarme en este lugar, así, sin mis alitas".

Ese día, la noche se llenó de estrellas. Y en el preciso momento en que vio caer una estrella, la pequeña Luciérnaga pidió que le crecieran unas alas enormes para volar lejos y no regresar jamás al lugar que le recordaba a su mejor amigo, Coqueto.

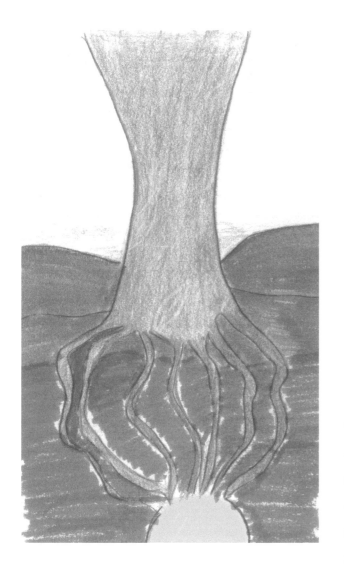

El siguiente día se despertó y tenía unas alas gigantes. Se miró en el espejo y dijo: "¡Ya no soy más una luciérnaga que apenas da luz con alas pequeñas! ¡Soy ahora una mariposa con alas enormes, capaz de levantarme alto entre las nubes y ver muchos lugares!".

Después de mucho tiempo, Coqueto recordó a la pequeña Luciérnaga y pensó que ella estaría ahí siempre esperándolo, porque sus alas eran muy pequeñitas. ¿A dónde podría ir? ¿En dónde podría perderse que él no la encontrara?

Ah, pero él no sabía que, de tanto llorar, ella había perdido sus alitas; había pedido un deseo sobre el árbol de la transformación... ¡y ella se había convertido en una mariposa con alas muy muy grandes!

Cuando Coqueto llegó a la casa azul para visitar a la pequeña Luciernaga hacía mucho aire, se acercaba una tormenta muy fea, y el cielo estaba muy oscuro. Apenas se miraban las estrellas y los grillos no cantaban mas. Era una noche muy fría y el viento soplaba fuerte, botando las ojas de los árboles. A lo lejos se podía escuchar el sonido de música y cuetes. A lo lejos se escuchaba el sonido del mundo haciendo ruido para sentirse presente.

Coqueto regresó a la casa azul, tocó la puerta y salió la pequeña Luciernaga que ahora era una Mariposa. Ella le dijo

—¡Me mentiste! Me dijiste que eras inofensivo y me mentiste —dijo llorando—. Me hiciste llorar tanto que perdí mis alitas y mi luz... pero ahora soy una mariposa con alas grandes. Ya no tengo luz que pueda agotarse, ni alas que pueda botar.

El viento empezó a soplar tan fuerte que se le extendieron las alas a la Mariposa y Coqueto grito

–¡No! ¡Yo te sostengo para que no te lleve el viento! Pero Coqueto olvidó que el tenía brazos muy pequeños porque era un cocodrilo y no pudo evitar...que el viento se llevara a una Mariposa con alas tan grandes.

Ahora Coqueto cuenta estrellas en una Ciudad Antigua y la Mariposa siempre recuerda a Coqueto. Su primera amistad y de vez en cuando le escribe sobre los lugares que ha conocido desde que el viento se la llevó.

Printed in the United States
By Bookmasters